올림

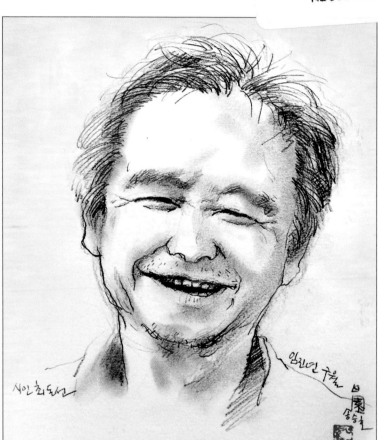

최돈선 시인 강원일보, 동아일보 신춘문예와 월간문학 신인상 당선으로 작품 활동을 시작했다. 시집으로 『칠년의 기다림과 일곱 날의 생』, 『허수아비사랑』, 『물의 도시』, 『나는 사랑이란 말을 하지 않았다』, 『사람이 애인이다』, 畵詩集 『울림』등이 있고, 산문집으로 『외톨박이』, 『너의 이름만 들어도 가슴속에 종이 울린다』, 『느리게 오는 편지』가 있다. 동화 「바퀴를 찾아서」를 인형극으로 올려 7년 장기공연을 했고, 희곡 「파리블루스」를 극단 여우에서 공연했다.

올림

畫詩集▪최돈선

도서출판

한결

시인의 말

열한 분 화가들의 그림에다 61편의 시를 붙였습니다.

허락해주신 화가들에게 감사합니다.

이 선집은 구고에서 임의로 뽑았고, 새로운 시 스무 편도 끼워 넣었습니다.

그 어떤 소리가 비밀스레 제게로 오는 날

저는 비로소 한 마리의 기러기로 날아갈 수 있을 것 같습니다.

달이 뜨면, 산과 들과 강을 온몸으로 쓸어안고 갈 수 있을 것 같습니다.

나는 사랑이란 말을 하지 않았다.
망설이며 뒤를 돌아보면서도
입 밖에 그 말 한 마디 하지를 못했다.
가야할 길은 먼데
또 다시 돌아올 길은 기약 없으므로

바람 부는 날

바람 부는 날 나는
편지를 쓰겠다.
아무도 몰래

사랑
이라고 쓰겠다.

왠지 아파서 그립다
라고 쓰겠다.

달

큰 바다에 저 혼자
달이 와서 눕는다.
수많은 해가 뜨고 달이 진다.

두려운 꽃 속에 당나귀는
피를 흘리는데
나는 아직 잠들지 않는다.
말없는 이 한밤이 기운다.

기러기 떠나가고
바람도 등불도 피도
밀물치는 바다에
피곤한 달이 와서 눕는다.

사랑에 운 내가
와서 눕는다.

畵■서숙희
■16

그리워 부르면

뻐꾸기 울고 안개꽃이 하얗게 피어오르고
달이 뜬다.
흐르는 강물은 소리 없이 흐르게 하라.
깨끗이 씻긴 돌멩이 하나라도 못내 그리웁다.
성냥을 그어대면서 반딧불처럼 떠나는
부끄러운 사랑니 하나 속절없구나.

나는 사랑이란 말을 하지 않았다

지금은 이름조차 생각나지 않는 얼굴이
비 오는 날 파밭을 지나다 보면 생각난다.
무언가 두고 온 그리움이 있다는 것일까.
그대는 하이얀 파꽃으로 흔들리다가
떠나는 건 모두 다 비가 되는 것이라고
조용히 조용히 내 안에 와 불러보지만
나는 사랑이란 말을 하지 않았다.
망설이며 뒤를 돌아보면서도

입 밖에 그 말 한 마디 하지를 못했다.
가야할 길은 먼데
또 다시 돌아올 길은 기약 없으므로
저토록 자욱이 비안개 피어오르는 들판 끝에서
이제야 내가 왜 젖어서 날지 못하는가를
알게 되었다.
어디선가 낮닭이 울더라도 새벽이 오기에는
내가 가야 할 길이 너무 멀므로
네가 부르는 메아리 소리에도
난 사랑이란 말을
가슴 속으로만 간직해야 했다.

畵
■ 송
승
호

畵■송승호
■20

울림

사랑하는 사람들은 억새풀을 스치며 온다
잊지 못할 물비늘로 여울져 온다
사랑하는 사람들은 비가 되어 온다
조그만 물방울의 소리로 온다
언젠가는 알게 될 것이다
언젠가는 알게 될 것이다
호롱불 밝힌 그리움을 알 게 될 것이다
진정 사랑하는 사람들이 손짓하는 메아리
진정 비인 가슴에 남는 젖어 있는 목소리

춘천호

저녁 무렵 바람 한 점 불려가드라
그리웁드라 감빛의 불들이 켜지드라
사랑하는 사람들 물안개로 무늬져 와서
하얗게 슬픔처럼 젖드라 젖어서 울드라
옷을 벗고 웅얼거리고 거울처럼 잠들드라

畵
■ 서
현
종

畵■서현종
　■24

불타는 사랑

이 세상 가장 아름다운 말이
어디에 있는가를 깨우칠 때쯤에는
고독이라는 테두리에 불이 켜져 있음을 알게 되네
고요히 눈 뜨고 비어있음이
사랑, 그 말이라는 걸
한 접시 노란 불 밝힘으로 깨우치게 되네

돌아누워 잠들면

밤새도록 이 갈며 빗소리 듣다 코피 나고
불현듯 죽은 이의 이름이 떠오르고
머나 먼 날을 그대로 거기에서 잃어버리고
돌아누워 베갯머리
눅눅한 세월만 자꾸자꾸 뒤집고

허수아비

가을날 빈 들녘에 나가
십일 월 바람만 맞고 있는 허수아비 보고 돌아온 날에는
괜스레 하늘 미워 돌팔매질하고
돌아온 날에는
하늘이 자꾸자꾸 금이 가서 깨어졌습니다
그 속엔 내 모습 찢긴 허수아비로 남아
역시 십일 월 매운 바람에 나부꼈습니다

편지

여기는 바람이 불어요
흐린 밤에는 물고기가 됩니다
흐린 밤에는 무당개구리가 되어 웁니다
저 세상 밖으로 비가 오고 있어요
강물이 흐르는 술이 될 수만 있다면
나는 거기에 눕겠습니다
무엇과도 결혼하고 싶어요
결국은 모든 것들이 시가 되지 않음을 알 것 같아요

겨울 햇볕을 쬐며

마루에 나가 겨울햇볕을 한참이나 쪼그려 앉아 쬐다가
담배를 피웁니다
거울 속처럼 맑은 하늘을 치어다 보지요
괜히 눈이 부시어 눈물이 고입니다
갑자기 까마귀 울음이 듣고파요
햇빛은 마당 가득 고이는데
아직도 담장 그늘진 곳에선 눈이 내립니다
눈물처럼 한 다발 추억이 되어 내립니다

찢어버린 것은 일기장이 아니라
하나님이었다
추운 별들은 그 하늘에서도 오직 캄캄하여
러시아는 죽는다
곰들의 눈알만이 서럽게 죽는다

섬

어제는 몰랐던 하나의 섬이
오늘 갑자기 떠올라서
그리운 이들의 꿈이 되었네

사나흘 빈 배
사랑하는 님 어디로 불려가서
또 다른 섬이 되는지
오늘도 보일 듯하네

아아 고래 우는 어느 섬

샘밭

샘밭에 비 내린다
배추잎이 젖는다
어디든 가고 싶구나

쓸쓸하니까

쓸쓸하니까 사람들은
아무나 만난다
거리에 담 모퉁이 새점을 치고
가여운 오백원짜리 새가 물어다 준
행복이란 운명을 호주머니에 넣는다
점괘에 적힌
오렌지빛 하늘을 믿으며 믿으며
반드시 희망은 있으리라고
남쪽으로 간다
오늘은 쓸쓸하니까
무덤도 별이 된다
아무나 만나서 슬픔의 어깨를 구부리고
그대 가슴에 키운 새여
눈물은 마른 것이 아니라 흘러간 것임을
안다
뿔뿔이 흩어진 이름들을 모아 시를 짓고
시는 부질없으매 찢어 버린다
바람에 날리는 사랑아
종이비행기를 접어 쓸쓸하니까 별이 되라고

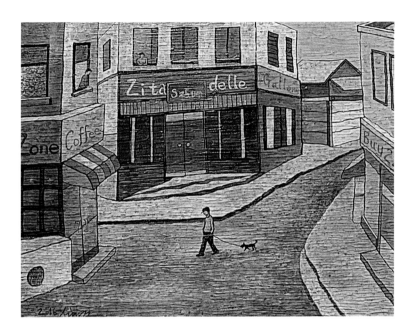

별이 되어 누구든 기억하라고

바람꽃

나는 아마 아픈가보다.
흘릴 눈물이 아직도 남아서 아픈가보다.
친구야 편지 한 장 없니?
그리워도 주소를 모르는 사랑하는 이에게
이제는 얼굴도 희미한 이름들에게
메아리 메아리로 부르는 뜻은
불현듯 가슴 안으로 그대의 눈물이
이슬 마른 바람꽃으로 흔들리는 때문.

벌판

누가 눈보라 속을 간다
갇혀 있는 하얀 감옥의 눈보라를
벌레처럼 기어서 기어서 간다
꿈틀거리는 이 외로운 자유가
얼어붙은 피가
삭풍의 강을 건너
다시는 돌아올 수 없다며
간다

간음을 나눈 비린내의 땅에서
아름다운 사랑은 죽는다
차갑게 방아쇠를 당긴 마지막 육체는
영혼의 긴 동굴을 울리지 않는다
날카로운 유리를 먹으며
오로지 한 조각 휴지로 흩날리고 싶구나

누가 눈보라 속을
가면서 생각한다 흩날리고 싶구나
가면서 생각한다 벌판은 아직도 끝난 것이 아닌가
야만족들은 아직도 벌판 끝에 있다는 것일까
자욱한 벌판 끝

씽씽한 말발굽 소리가
허연 입김을 내뿜으며 달려온다
그렇다 붉은 마후라는 허공에서 낄낄댄다

호이 호이이 호이
그대의 빈 가슴팍에 무엇을 꽂아줄 것인가
흘릴 피는 아직도 남아있는 것일까
따뜻하게 이 눈보라의 벌판에서 잠들 신성한 칼이 울 때
슬픔도 생각나지 않는 그 때
쓰러진 자는 죽어서 말하지 않는다
살아있는 자가 마지막 남아서 울 뿐이다

아직도 닿아야 할 나라는 먼데
눈보라 속을 가는,
당당하고 꿋꿋한 수염이
서럽도록 흩날리는 그 최후의 벌판

러시아는 죽는다

러시아의 밤은 깊어가고
곰은 자란다 러시아의 밤은 깊어가고
곰은 죽는다
가장 높은 나무의 숲들이 울울한 눈을 내린다

음험하게 뜨르게네프의 방이 떠오르고
가버린 사랑은 등을 돌리므로
흘린 피는 책속에만 남아 있구나
결국 나는 수음을 하고
노래는 시가 되지 않는다

썰매는 두 줄기 사랑으로 사라지지만
그것들은 영원히 만날 수 없음을 알아야 한다
찢어버린 것은 일기장이 아니라
하나님이었다
추운 별들은 그 하늘에서도 오직 캄캄하여
러시아는 죽는다
곰들의 눈알만이 서럽게 죽는다

늑대

어떠한 배경도 이곳을
침범 못한다.
다만 들판이다.
숨지도 못하는 들판이다.
내가 짖을 수 있는 황량한
어둠이다.
아무것도 남지 않고
굶주림만 남는
오오랜 조상의 피가 물든 곳이다.
이곳에서 누구나 한 번은
핏빛 울음을 뉘우친다.
실로 창백한 저 하얀 달을
물어뜯는 것이다.
밤새도록 내게 맡겨진 싸움
원수를 부르는 싸움
애처로운 그림자를 따라
멀리멀리 돌아가야 한다.
최후의 들판을 배경으로.

백 년 동안의 그네타기

바다의 왕자였던 조기 한 마리가 굴비 두름으로 엮인 채 어느 구석진 곳간에 걸려 있다. 하나 둘씩 끈에 엮여진 굴비들이 모두들 빠져나간 뒤, 맨 마지막 끝에 남은 이 굴비를, 주인은 까마득히 잊은 듯, 햇살 희미한 어둔 곳간에서, 백 년 동안을 말라 있다. 그러나 굴비는 이따금씩, 바람이 불 때마다 아주 조용히, 마른 몸 흔들어 그네를 탄다. 이 굴비의, 백 년 동안의 고독한 그네타기. 바람만 알맞게 불어준다면, 굴비는 자신을 엮은 끈이 삭아서 끊어질 때까지, 그네타기를 계속할 것이다. 그네를 타면서 그는, 화석이 된 먼 바다의 파도소리를 귀담아 들을 것이다.

울림■최돈선
■50

새

영혼이 배고픈 새는 아침이 되자마자 이슬꽃이 되어 스러진
다 한다
나는 그 영혼이 배고픈 새의 이름만 들어도 가슴 속에 종이
울린다

어머니

밥 잘 먹고 잠 잘 자야지
어린 날 어머니는 그렇게 말씀하셨다.
그러나 나는 무럭무럭 자라지를 못했다.
다만 어머니의 그 말씀이 지금도
둥글게 항아리에 담겨서
괜찮아 넌 이제 어른이 된 거야
잠꼬대로 몇 번이고 나를 깨우셨다.

나는 지금도 밥 잘 먹고 잠 잘 자는 걸까.
내 어린 딸 솔미에게 벅차고 고마운 일들만 그득히 피어나서
어머니의 그 항아리가
그래 넌 참 훌륭하구나 그러신다면
난 비로소 아버지가 된 거야.
새해엔 솔미랑 언덕에 올라 연을 날려야지.

어머니
이제 우리는 밥 잘 먹고 잠 잘 자요.

모르겠어.
영혼이란, 악마가 만들어낸 작은 벌레야
라고 하더라도
아직은 무엇 하나 지울 수 없으매
호박잎에 모인 빗방울이 왜 그리운 건지

여름뜨락

여름날 뜨락에서 봉숭아 꽃잎을 이기지요.
새파란 하늘이 섬찟하게 있습니다.
빠알간 봉숭아 꽃물이 꼭 죽은 누이의 앞섶에 묻은
피같이
진하게 진하게 배어 나왔습니다.
내 가슴 칠월 햇빛에 잘잘이 끓어
누이의 이마에 가만히 입 맞추던 날
오오 저 보아 들리지요 가득히 몰려오는 여름 소낙비
견디지 못해 손톱 하나 슬며시 버리지요.
그렇게 홀로 구름과 하늘
더러운 문둥이꽃을 생각합니다.
외롭게 생각합니다.
창이 조그맣게 기울고 마냥 하늘이 푸르른 날의
여름 뜨락.

종

내 나라 종소리는
유두날 머리 풀어 감던 그런 물결로
푸른 산 속 깊이 울려오기야 하지.

저녁 해거름
종일을 석등사 섬돌에 쪼그려 앉아
소북이 고이는 햇살을
손바닥에 받으며
내 나라 종소리를 눈감고 들어보기도 하지.

사랑하는 이여
마음 밭 물비늘로 번지는 메아리는
어느 외롭고 따순 언덕 위
패랭이꽃으로나 잠들라 하고
강기슭 물그림자로나 흔들어라 하고

한 가슴 피로서 흐르는 내 나라 종소리는
아직은 느을
그리운 이의 귀에 남아 있기야 하지.

스무 날 책을 읽어도

씨알 하나가 저토록 아름다운 절망을
피워낼 수 있다니
난 스무 날 책을 읽어도 모르겠어.
보랏빛으로 잠들 수 없음을
모르겠어.
영혼이란, 악마가 만들어낸 작은 벌레야
라고 하더라도
아직은 무엇 하나 지울 수 없으매
호박잎에 모인 빗방울이 왜 그리운 건지
모르겠어.
스무 날 책을 읽어도 모르겠어.

고래

나는 하나의 의지
누구도 침범할 수 없는 힘이다.
누가 나를 부를 이 없고
나는 또 끝없이 가야만 한다.

사랑도 빛나는 꿈도
나에겐 오직 헛된 것뿐
바다의 그 끝없음만이 나를 건진다.
말할 수 없는 고독이
나의 피가 되고 굳은살이 되고
아무튼 나는
이 푸른 절망의 화신이다.
바다를 밀어붙이는 나의 의지는
숨 가쁜 바다의 분노를 낳는다.
외로운 피를 낳는다.
나를 살해하려는 어떤 것도
내 살의 용기는 용서하지 않는다.
오직 처절한 피투성이 싸움뿐
이 바다에선
오래도록 나는 죽음이었고
이미 떠나버린 공허였다.
나는 바다를 숨 쉬고 또 영원히
끝없음의 여로를 가야만 한다.

누워있는 꽃

꽃은 시들 줄 알아야 아름다운 법이지
누워있는 꽃은 그러므로
이 땅 위에 진실한 피 한 방울 흘릴 줄 아는 거야

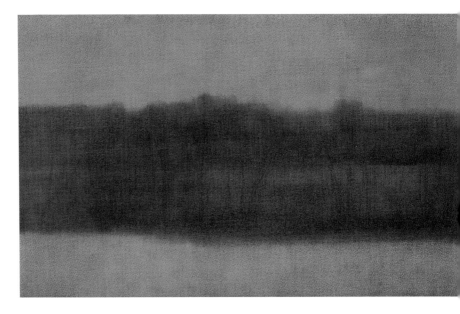

가을꿈

한 주먹 그리운 그 밤 귀뚜라미 소리에 가슴 헤쳐 내던 섬돌 위, 나는 무언가 자꾸만 그립다. 하늘 미워 눈 흘기던 종년도 그리우리라. 검은 돌에 살 부비던 문둥이의 묻어난 살점도 그리우리라. 면도날로 세월을 밀고 섬뜩한 가을의 피가 살아만 있다면.

가을 햇볕 부끄러워 잠자리의 투명한 날개를 찢었을 때, 파르르 떨면서 그래도 잠자리는 어느 하늘 끝 날고 있을까. 엄숙한 그 길은 멀고 내가 걸었던 그 길은 밟혀죽은 잠자리로 가득하다. 까닭도 없이 그들은 죽는다. 나는 지금 어디로 가고 있는가.

꿈이어 네 천추의 한이 되어 꽃숨만 포갠다한들 결코 너의 발소리를 죽일 순 없어. 머언 들에서 누가 낫을 갈고 있다. 살며시 엷은 옷자락을 들추고 너의 희디 흰 속살을 본다. 살 속으로 보랏빛 괴로움이 흐른다. 진실로 욕망은 가슴을 사로잡고 금빛 가을 강으로 흘러가는가.

어디멘가 어디멘가에 미쳐버린 종년이 간 길이 있을 것이다. 가을비와 더불어 엎드려 입 맞추며 울고 있는 꽃잎이야 있을 것이다. 무언가 그 길은 흐려 있고 가을산 비에 젖어 번지면서 녹아 흐르는 꿈이야 있을 것이다. 오 아름답다. 까닭도 없이 외로운 가을 꿈이어 참 아름답다.

시인

이 세상 시인이 많긴 많다기에
문딩아 니도 시인해라 했더니
억수 말이, 하루 종일 생선이나 실컷 구워 먹었으면
시인 아니라 해도 괜찮다더라.
물러빠진 손톱이나 구워 먹지 않으면 그게 괜찮지 않냐고
없어진 눈썹 씻으며 물살만 괜스레 헹구고 있더라.
이제는 하나같이 목이 메어 물살만 헹구고 싶다더라.

관계

두엄 놓고 호박씨 놓았더니

호박꽃이 피었어요

하늘 널어놓고 종이비행기 날렸더니

바람이 왔어요

하늘

하늘이 있으니 구름을 놓았다

하늘이 있으니 바람을 놓았다

구름이 제 길로 갔다

울까

사람들이 울까

호수에 나가 청둥오리 되어 우짖듯 울까

들판 겨울나무 푸른 그림자로 엉엉엉 울까

눈이 오면 방문 걸어 닫고 남몰래 울까

재만 남은 화로 껴안고 서럽게 서럽게 울까

멀리서 온 바람으로 빈 흙벽 치며 울까

대문 흔들어 여보세요 여보세요 아무도 없어요

목이 메어 울까

사람들이 울까

어쩌면 사람들 모두 새 되어 떠나며 울까

후어이 후어이 떠나며 울까

어느 날 슬며시 겨울호수 내 방으로 밀려와

머리 풀어 혼절하듯 울까

사람들이 울까

눈물이 없어도 사람들은 울까

오늘도 빈 나무 우듬지에 앉아

젖은 까마귀 되어 멀리 멀리 울까

사람들이 그렇게 울까

하지만 찰나의 스침으로
울듯 말듯
사라져가는 고요한
구름사람

애인

겨울 외가

흐리게 지워지는 기차를 보았다

기차는 언제나 터널 저쪽으로 사라졌다

그리고 안개 속에서 불쑥 기차머리가 나타나곤 했다

나에게 기차는 언제나 비현실이었다

어린 날 제천 외가로 기차 타고 갔다

석탄 태우는 칙칙폭폭이었다

검은 연기 냄새가 너무나 좋았다

원주 치악산 똬리굴을 지나면 외가가 나타났다

굴을 빠져나온 어린 나는

검둥이 낮짝이 되어 먼 들판 끝 외가를 바라보았다

언덕 중턱에 거북이 등처럼 납작 엎드린 외가

저녁참 담배 한 모금 가늘게 말아 올리고 있었다

나는 엄마의 손을 잡고 논두렁길을 걸었다

저쪽 사시나무숲에 앉은 까마귀 한 마리,

언 화석이 되어 있었다

밥 먹어라아

골목엔 아무도 없었으나

어, 달려가는 아이의 발자국 소리 들렸다

우물가 대추나무가 제 그림자를 시나브로 지워갔다

어느 집 흙벽에 시래기 한 묶음 목을 매고 있었다

거기 실오리 같은 묵은 햇빛 한 올

덩달아

목숨처럼 매달려 있었다

교회당 종소리

아직도 시골교회 종루엔

쇠불알 흔들며

벽이 문이라 소리치는

메아리가 숨어 있다

畵■백중기
■85

집

거기 묵은 툇마루가 있는 집
감나무 그늘이 져 더욱 깊어지는 집
오랜 여행 끝에 이제야 돌아와 누운 집
커피 한 잔 이내처럼 서린 집
고요가 앙금으로 내려앉는 집
그 고요 지나는 바람결에 쓸리는 집
나무 그림자 외로이 흔들리는 집
가을이 어느 새 몰래 숨어든 집
순금 햇살로 부신 집
그렇게 화석이 되어 오래 남은 집

사람이 애인이다

산을 오르다 내려오는 사람과
어깨를 가벼이 부딪혀
눈길을 마주칠 때가 있다
아마 내 전생의 애인이었을지도

오래오래 꽃이 되고
바람 되고
목 메인 메아리 되어
문득 내 앞에 선

하지만 찰나의 스침으로
울듯 말듯
사라져가는 고요한
구름사람

애인

칭찬

네 손은 참 따뜻해

오 그래 그렇지요?

당신 손은 참 시원해요

호오 그래 그렇지?

홍매화

딸랑딸랑 두부장수 쇠종 같은 매화

멀리 서방질 갔다

치마폭 얼른 휘감아 시침 뚝 떼는 매화

눈 오면 손 내밀어

눈매 더욱 붉어지는

너 홍매화

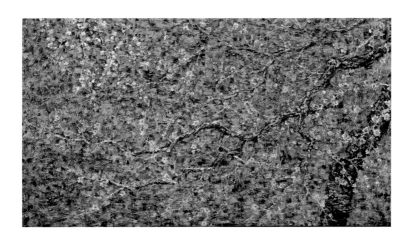

할렘의 늙은 왕이 내게 준 슬픈 영혼의 말

네가 아플 때 나도 마음이 아프다
너나 나나 같은 뿌리의 영혼이다
수천 킬로 떨어진 인디언보호구역으로 인디언들을 이주시킨
자는 백인이었다
그들이 이제 여기 주인이다
인디언은 그 길 위에서 동족의 거의 절반을 잃었다
내 아버지는 흑인이고 내 어머닌 인디언이었다
나는 흑인이고 인디언이다 그리고 또한 모두의 친구이다
이제 순수혈통의 인디언은 미국 어디에도 없다
허나 인디언의 영혼이 이 대지에 깊이 스며들어 너희와 나를
키운다
아무도 미워하지 말아라
분노가 네 마음 안에 깃들 때 네 영혼은 시름을 앓는다
슬픈 대지의 꿈과 숲의 영혼이 너와 나를 지킬 것이다
너와 나는 우리이고
대지의 자식이고 대지와 바람 속으로 함께 가는 것이니
이방인이여 네 귀의할 곳은 한없는 사랑밖엔 없도다

할렘의 늙은 왕이 나에게 준 고요한 말

함부로 욕하지 마라
결국 네 입만 더러워지지
욕하고 싶을 때 하라고 누가 부추기더라도
네 영혼의 지친 모습을 보이긴 말아다오
나 또한 얼마나 많이
남을 저주하고 남을 핍박하고 남을 격하게 몰아부쳤던가
하지만 그건 너무 빨리 식어버리지 너무 쉽게 지쳐버리는 거야
음 그래 고요히 네 주위의 모든 것을 바라보고
고요히 네 안에 꺼져있는 지혜의 등불을 켜다오
그리하여 너를 혁명해야 하지
사랑하는 사람아
분노를 다스리고 너를 들여다보아라
바로 그 안에 네 참모습이 보이리니

버짐

아무것도 하고 싶지 않아 그냥 앉아있거나 누워있거나
이리저리 왔다갔다 서성입니다.
아무것도 하고 싶지 않아 빈집 울타리
노란 민들레만 바라봅니다.

아무것도 하고 싶지 않아
먼 산 연분홍 산벚나무 건너다봅니다.
사월은 그런 날입니다.
저절로 피어서 지고
아무것도 하고 싶지 않지만

옛날 옛적 못난 순이 계집애
그 이마에 핀
새하얀 버짐

그게 미치도록 보고 싶어 환장한 날입니다.

올챙이국시집

춘천 중앙시장 언덕 올챙이국시집

뙤창에 구름 걸린 집

소녀 적 종종걸음 언덕에 오르던 집

이젠 할미 다 되어 올라

올챙이 후룩이는 집

아들 먼저 보낸 뒤 한숨을 먹는 집

그집은 잘 지내우

머 그렇지요

사는 문답이 강 건너 싸리꽃

바람에 쓸리는 집

잘 먹었수 인사하고

언제 만날지 기약도 없는 집

종내 구름 떠가면 그 구름 따라

산 넘을 집

떠난 그 자리 웅덩이에

올챙이만 오글오글 남아

지난 전설 이야기하는 집

올챙이 국시집

서쪽 창문을 열어 손을 내밀자
정말이지 까만 곤충은
조용히 날개를 펴 구름 속으로 사라졌다
마른 혼을 띄워 보내는 이 외로운 의식
얼마의 생을 더 살아야 나도 저처럼

야광찌

풍덩 하고 빠져들었으나

저 고요 미동도 않네

파문 하나 일지 않네

수천만 년 적요의 꽃 한 송이

푸르게 거기 있네

새벽밥

새벽 다섯 시에 밥을 먹는다

찬밥 한 덩이 양은냄비에 끓여

식은 된장에 밥을 먹는다

밖에는 비가 오고 고양이가 운다

서럽지도 않은 날에

빗속 처마 밑에서 고양이는 왜 우는지

오늘도 뭔가 울어야 할 이야기가 있다는 것인지

야옹 야옹 운다

새벽차를 타고 가야할 곳이 있다 나는

약속한 시간에 닿아야 할 오랜 항구가 있다

그리운 이, 어느 항구에서 비를 맞고 서 있을까

내 끝내는 닿을 수 없어 마지막 목례를 하고

쓸쓸히 떠나는 건 아닐까

하지만 나는 서두르지 않고 물 말은 밥을

뜨겁게 넘긴다

가는 이, 기다리는 이, 다 그리운 사람

약속지 않아도 서로가 서로를 기다리는 것임을

알지 않겠는가

언젠가는 만나야 할 이

내 심장에도 가는 비 오는데

기다리는 이 또한 여린 심장에 비 오지 않겠는가

나는 새벽밥 물 말아 먹으며 몰래 메아리를

보낸다

사랑한다는 것은 이미 오래고 오랜 기다림이라는 것을

처마 밑에서

비 맞는 푸른 산 바라보며 고양이가 운다

응앙응앙응앙

통영엘 갔어요.

동피랑 꼬부랑 언덕배기와

해풍이 키운 소금에 전

바닷고양이를 만났어요.

비린 시장바닥 한가운데

식칼에 등을 찍혀 살해 당하는

거대 민어를 보았지요.

저녁엔 영롱한 빛들이

미쳐 산발해선

부두에 거꾸로 처박혀 익사하는 꼴을

밤새 지켜보았지요.

전 국밥 대신 밋밋한 맛의

충무김밥을 우걱우걱 먹으면서

자살하는 빛들을

하나도 구하지 못했어요.

그냥 세월만 보냈지요.

전 지느러미 없는 시인이었어요.

풍문에 팽목항이 울음바다라고

너무 먼 소식만 귀로 흘려들었지요.

하나도 눈물이 나지 않아

골목 어둔 귀퉁이로 가

가만히 서 있었지요.

왜 왜 왜 물에 잠긴 아이들이

거기 통영바다에 떠올랐을까

정말 알 수 없었지요.

이중섭이 살았다는 강구안 골목이었어요.

백석의 시가 어지러이 쌀알 같은

하얀 눈을 하염없이 뿌려주는군요.

응앙응앙응앙...

춘천 가는 길

노을을 살며시 끌어안고

오늘 밤엔 곤히 잠들어야지

시랑하는 사람아

사랑하는 사람아
이렇게 첫 머리를 쓰고 목이 메어 울었다

내가 나를 모른다

난 아직 꼿꼿이 걸음을 뚜벅뚜벅 걷는 줄 알았다. 그러나 동영상을 들여다보니 어깨가 구부정하게 휘적휘적 걸었다. 아주 천천히..

난 아직 말씨가 또렷하고 거침이 없는 줄 알았다. 하지만 동영상을 들여다보니 말투가 매우 어눌하고 중간 중간 쉼이 많았다. 몹시도 느린..

난 아직도 여전히 눈이 총명하게 반짝이는 줄 알았다. 허나 동영상을 들여다보니 눈꺼풀이 내려오고 흐릿하게 먼데바라기를 자주 했다. 세상이 흐려도 제 할 탓, 뭐 이러듯이..

난 아직도 먼길을 갈 때 한눈 팔지 않고 도착점에 도달할 줄 알았다. 그치만 가다오다 한눈을 자주 팔아 꽃도 보고 여울소리에 취해 내가 가야할 때를 잊을 때가 많았다. 게으른..

그래 난 최소한 늙어버린 거야

저녁강

노을진 저녁강이 산을 뉘이는 것은
둥창 난 아픈 산을 껴안고
제 안에 고요히 흔들고 싶은 때문이다

산이 시나브로 강물에 몸을 푸는 것은
시름에 겨운 몸
어서 떠나려고
자신을 서럽게 지우는 것이다

산과 강은 저마다 메아리를 남긴다
고맙다
미안하다
그렇게 서로가 서로의 이마를
서늘히 짚어주는 것이다

생을 말리다

먼 여행에서 돌아왔다
아무도 있을 리 없는 내 시골 방엔
이름 모를 곤충 한 마리 바싹 마른 채
엎드려 있었다
얼마나 오래 빈방을 지키다 말라버렸는지
가만히 손가락으로 집어올리자
다리가 바삭 부서져 흩어져 버렸다
생이 부서지는 소리가 이토록 미약하다니,
난 한동안 손바닥만 들여다보았다
바람이라도 불면 날아가겠지 생각하고
서쪽 창문을 열어 손을 내밀자
정말이지 까만 곤충은
조용히 날개를 펴 구름 속으로 사라졌다
마른 혼을 띄워 보내는 이 외로운 의식
얼마의 생을 더 살아야 나도 저처럼
날 수 있을까를 잠시 생각다가
몸과 혼을 말린다는 일은
오랜 기다림이라는 걸
빈 손바닥을 들여다보고서야 알게 되었다

가난

서녘 노을가게에 달랑 남은

햇빛 두 됫박을 사와서

흙벽에 발랐더니

그만 한 귀퉁이가 모자랐다

가난이 처마 밑에 웅크리고 앉아

밥 달라고 보챈다

저녁엔 밥그릇 같은 달을 따와

모자란 빈속을 채워야겠다

흑백사진

난 묵은 앨범 속 흑백사진이에요
윤곽이 흐릿한
검은 색조의 색소폰이죠
유랑서커스가 온 날 저녁풍경이
늘 그렇게 열렸어요
저녁산이 마을로 내려와
천막을 기웃거리던 날
삽살개 흐릿한 불빛에 꼬리 밟힌
그날

깨갱...

문득

가을은 멀게 물들여지다
가깝게 마르며 진다

울림■최돈선
■129

가만히 귀 기울이고 있지 뭐하긴
그 아이 발자국소리를 어찌 잊겠어

오늘 밤도 어미 가슴에 피는
자줏빛 감자,

그 감자꽃

느티나무 아래

순이 할멈이 왔다. 철이영감이 와 평상에 앉았다. 순이 할멈이 갔다. 수내골 할아범이 지팡이 없이 왔다. 철이영감 그대로 있었다. 수내골 할아범 지팡이를 찾아들고 갔다. 세명의 광우리 인 아낙네가 왔다. 막걸리 주전자, 나물안주, 사기잔을 놓고 갔다 박영감이 왔다. 누군가를 향하여 삿대질을 했다. 허공이 아무 말 없자 막걸리 한 사발 들이키고 비척이며 갔다.

세 사람의 아낙이 돌아와 빈 주전자와 빈 나물반찬그릇과 사기잔을 수거하여 갔다. 나무그늘이 비스듬이 자리를 남쪽으로 옮기자 철이영감 그림자도 따라붙었다. 은밀히. 남쪽바람이 모를 건드리며 왔다. 덩달이 낯선 나그네가 와 잠시 앉았다 바람 데불고 갔다. 철이영감 그대로 있었다.

멀리 소울음소리 도랑 따라 흘러왔고 물새 한마리 여울 넘어 갔고 버드나무 바람에 쓸려 비질하듯 흔들려왔다. 해가 지고 해가 뜨고 해가 오고 해가 갔다. 여전히 철이영감 그대로 거기 있었고 순이할멈 수내골 할아범 세 명의 못밥 인 아낙네들 왔다 갔다.

　철이영감 어깨를 옆으로 뉘고 팔베개하고 잠이 들었다. 슬그
머니 혼만이 빠져나가 그도 모르는 길을 갔다. 길은 누구의 눈에
도 띄지 않았다.

춘정

언제 봄날 사월의 해사한 날
먼 데 지리산 구상나무 꽃가루 날아와
상큼, 제 코를 간질였습니다
에취, 재채기 한 번에 그만 춘정이 나
산벚나무 아래에다 치마를 깔았습니다
어지러워 어지러워 전 불이 났습니다
그렇게 화르르 산화하는 꽃이었습니다

아버지

일제 강점시대 아버지는 동네 리서기를 했었다
6.25 한국전쟁 때는 경찰이 되어 최전방에서 근무했다
우리 가족은 아버지의 전근지를 따라 자주 옮겨다녔다
엄마는 아버지의 월급봉투를 믿을 수 없었다
그래서 조그만 가게를 차렸고 나날이 번성했다
수완가인 엄마의 수입은 아버지 월급의 스무곱이 넘었다
당연히 아버진 경찰관 옷을 벗고 한량이 되었다
매일 밤 아버지는 동료들과 담배를 피웠다
아버지의 방은 구름으로 가득찼다
아버지의 친구들은 서로가 서로의 돈을 사이좋게 주고 받았다
아버지와 아버지의 패거리는
화투 속 열두 달을 투닥투닥 재미나게 잘들 놀았다
그러노라니 아버지의 주머니가 가장 많이 비었다
웬일인지 엄마의 가게도 시름시름 기울어 일어나지 못했다

아버지는 아버지의 동생인 내 작은아버지의 제재소로 갔다
아버지는 매일 원시림으로 들어가
백년도 넘은 거목을 잘랐다
쿵쿵 산이 울었다
송진 묻은 소나무는 둥근 톱날에 잘려
기둥이 되었고 서까래가 되었다
우린 그 집에서 살았다
어느 날 아버지는 어디론가 떠나 돌아오지 않았다
몇 년 후 아버지는 둥근 영화 필름을 트럭에 가득 싣고 왔다
그 필름 속엔 춘향이 최은희가 있었고 마부 김승호가 있었다
밤이면 아버지는 간이천막을 치고

네모난 흰 천에다 김지미와 최무룡을 불러냈다
그들은 울고 웃고 사랑하다 헤어졌다
매일 밤이 똑같았다 그들은 울고 웃고 사랑하다 헤어졌다
아버지의 영화이야기는
산골짜기 깊은 곳까지 아득히 메아리 쳐
아버지의 파산을 전해왔다

아버지는 돌아와 오래 오래 드러누워 담배를 피웠다
방안은 구름이 둥둥 떴고
아버진 구름 타고 산 넘어 흘러갔다
외로웠던지 요령소리도 불러내어 함께 갔다
아버지 없는 빈 공간은 나를 아버지로 분장시켰다

나는 탈 쓴 아버지 행세를 지금까지 훌륭히 해왔으나
떠난 아버지는 돌아오지 않았다
언젠가 나는 아버지를 찾아 산과 강을 넘을 것이다
여기서 난 할일이 별로 없다

어머니 뭐하셔요

어머니 뭐하셔요
응 감자를 캔단다 자줏빛 감자

어머니 뭐하셔요
감자를 찌지 한솥 가득
그 아인 금방 쪄낸 감자를 좋아했어

어머니 뭐하셔요
집 나간 아들을 기다리지 편지 한 장 없는

어머니 뭐하셔요
식은 감자 먹고 있어 별이 뜬지가 언젠데

어머니가 할 수 있는 건 감자뿐
자줏빛 감자뿐

애야 어디서든 허겁지겁 먹지 말아라
목메어 체하면
빈주먹으로 가슴을 치게 되니까

어머니 뭐하셔요
누워있지 들창을 열면 별이 쏟아지거든
어둔 밤길 걷는 아들아
제발 돌부리 걷어차지 말아라
네가 넘어지면 세상이 다 무너지니까

어느 골목에선가
휘파람 부는 소리 먼 발자국 소리

어머니 뭐하셔요
어머니 뭐하셔요

가만히 귀 기울이고 있지 뭐하긴
그 아이 발자국소리를 어찌 잊겠어

오늘 밤도 어미 가슴에 피는
자줏빛 감자,

그 감자꽃

깨어있는 감옥

내가 깨물고 있는 것은 감옥이야.
꽃이 아니야.
엎드려 잠이 들면서 겨울을 보낸 서른 날을
가만히 귀 기울여야 해.
네 뜨거운 입술에 눈이 내려도
형벌의 점박이 무당벌레로 남은 나는
지금,
이름 없는 별이 되고 싶어.
별이 되어 상처받고 싶어.

나도 닭과 같이

엄마는 시를 쓰지 말라고 그러지요.
나는 할 수 없이 햇볕에 나와 웁니다.
옆집 굴뚝 아래에서는 알 못 낳는 닭이
역시 빨간 눈으로 끼루룩거리지요.
나도 파아란 하늘을 치어다보며 끼루룩거려 봅니다.
아 날고 싶어라 날아 볼래요 엄마
자꾸자꾸 끼루루욱 끼루루우욱 그러지요.

이 하얀 담장을 돌아가면
눈부신 유리창을 가진 이발소가 있어요.
그 루삥 지붕 너머 바람이 쓸쓸히 붑니다.
톱밥난로 굴뚝에서는 따뜻한 연기가
바람 따라 먼 곳으로 멀리 멀리 외출하지요.
눈 덮인 겨울산
갑자기 누군가가 그리워 못견뎌져요.
마른 마음 빨갛게 불살라버리고
훌훌이 날아갑니다.
친구가 하나 있으면 좋겠다고 생각하며 날아갑니다.
어디에고 마을은 있고 불빛도 깜빡이는데.

어느 봄날 거지가 다 된 아들 녀석이 돌아옵니다.
엄마 난 춥지 않아요.
헐렁한 바지와 찢어진 소맷자락을 내보이며
춥지 않게 사는 법도 배웠다니까요.

그래 이 자식아 춥지야 않겠지 꼴보기가 싫어 그렇지.
할 수 없이 나는 뒤껼 햇볕에 나와 울다가
힐끗 옆집 굴뚝 아래를 바라보지요.

노오란 개나리꽃 흐드러지게 핀
그곳 빈자리엔
때 묻은 닭털 몇 개가
눈부시게 반짝거리며 널려 있데요.

청평사 길

청평사 가는
길
하얀
자갈 길

바람 불어
구름 떠가는
언덕

구름 잡으러
길
떠난

파아란

동승의
길

칼을 갈며

하루는 내 목숨 같은 칼을 갈며 섬칫 엄지손가락을 베었지요.
서른 네 해의 살 틈으로 몇 방울 맑은 피가 송글송글 맺혀
그게 꼭 살포시 돋아난 다홍 다홍 백일홍만 같았지요.
가을날 잠자리 붉어 어지럽던 그런 백일홍만 같았지요.
매 맞고 돌아온 날 서러운 피 같은 몸살 같은 그런 거였지요.

웅덩이

여름날 강가 그 웅덩이에 가고 싶네
거기, 물잠자리
붕어 한 마리 살았네
맑은 하늘 구름도 살았네
서로를 알듯 모를 듯 고요히 떠서
살았네
바람 불어 물잠자리 풀끝에 흔들리면
푸르르르····

붕어 한 마리 깜짝 놀라
웅덩이에 뜬, 구름 타고 달렸네
벌름벌름 가슴 뛰어
이리저리 달렸네
그리고
세월은 갔네

나는 자랐네 이제 난 소년이 아니네
어느 날 문득 그 웅덩이 그리워 찾아갔네
보이지 않네
버드나무 수풀만 무성했네
잠자리도 붕어도 없네
하늘도 구름도 없네

붕어는 구름 타고 떠났을까

잠자리는 어느 외진, 그늘진 풀끝에서
졸고 있을까
어른이 된 소년, 그걸 알 수 없네
그래,
하릴없이 돌아와
메마른 도시에서 잠들었네
꿈속엔 이제
웅덩이만 남았네

소년 하나이
그립도록 외로운

웅덩이만 남았네

수수깡안경

난 수숫대궁을 잘라 안경을 만드네
수수깡안경은 매우 훌륭해서
하늘도 구름도 잠자리도 먼 산도 아주 잘 보이네
마음 비우면 머얼리 잊어진 세상도 보이네
아주 가끔씩
난 나를 잊어버리기도 하지만
수수깡안경을 쓰면 그 잊어진 나를 보게 되네
그런데 이상도 하여라
그 아름아름한, 또 하나의 나
난 그게 왠지 낯설어 보여
누구지, 누구야, 하고 묻게 되네
그러면 그게 참
마음 어리석어져서
뭐 그리 지가 잘났다는 건지
흠흠 천치 같이 웃기만 하네 흠 천치같이!
그렇군 그래 별 수 없이 나는
고개를 끄덕여, 알지 알아, 안다니까,
그러네
꼭 집어 어디라 한들 이내 궁리로야 뭘 알며
뭘 모르겠냐마는,
나는 가끔씩 잊어버린 나를 보고파서

수수깡안경을 쓰네
그리고...
알지 알아 안다니까 그러네
수수깡안경은 매우 훌륭해서
들잠자리 어지러이 날아도,
한갓진 구름
구비 구비 한 구비 먼 데까지
아주 빤히 잘 보이네
빈 수숫대궁 사이 사이
허름 삐쭘이
스며든
오소리 바람까지도
..........!

왠지 아파서 그립다

라고 쓰겠다.

■백중기

강원대학교 사범대학을 나와 영월 고향에서 10년간 미술교사로
재직했다. 전업화가가 된 후 강원도의 풍광과 토속적인 마을을 주로
그리고 있다. 18회의 개인전을 열었다.

■서숙희

춘천 서면에 기거하면서 그림을 그리고 있다. 4회의 개인전과 다
수의 그룹전을 통해 몽환적인 색채의 세계를 독특하게 보여준다.

■이경성

조선대학교 미술대학을 나와 16회의 개인전을 열었다. 대한민국
미술대전 및 구상전 등 각종 공모전에서 28회 수상했다. 국립현대미
술관 등에 작품이 소장되어 있다.

■류인선

서울대학교 동양학과를 나와 대학원을 수료했다. 3회의 개인전이
있다. 풀과 꽃을 많이 그렸고 따뜻한 색감으로 동화적 풍경을 주로
그린다. 국립현대미술관에 작품이 소장되어 있다.

■홍건

서울의과대학을 졸업하고 시카고에서 은퇴했다. 미국, 프랑스 등지에서 8회의 개인전을 열었다. 은퇴 후 현재 에티오피아 기독병원 자원봉사자로 일하면서 꾸준히 그림을 그리고 있다.

■전수민

국립 창원대학교 미술과를 졸업했다. 동 대학원을 수료하고 한국과 미국에서 9회의 개인전을 열었다. 베니스 입주 작가로 활동했다. 초월적 신비가 깃들어 있는 그림을 그린다.

■송승호

세종대학교 미술대학 동양화과를 졸업하였다. 9회의 개인전을 열었다. 전국을 답사하면서 주로 소나무를 소재로 한 독특한 이미지의 세계를 구현해내고 있다.

■김춘배

강원대학교 사범대학 미술교육과를 졸업했다. 7회의 개인전을 열었고 기독교적인 세계를 바탕으로 한, 인간의 내면에 담긴 아름다움을 표현하는 그림을 그리고 있다.

■서현종

춘천 출신으로 강원대학교 예술대학 시각디자인과를 졸업했다. 3회의 개인전과 다수의 그룹전에 참가했다. 춘천 지역의 마을, 골목 등의 풍경을 아름다운 구도와 색채로 그려내고 있다.

■탁노

본명은 조영설이다. 홍익대학교 미술대학 서양학과를 졸업했다. 15회의 개인전을 열었다. 늑대, 독수리, 야생마, 들소 등 원시적인 야성의 세계를 힘찬 필치로 그려내고 있다.

■황효창

홍익대학교 서양학과를 졸업했다. 민족미술의 원뿌리이며 인형을 통해 시대의 아픔과 애환을 꾸준히 그리고 있다. 황작가의 그림은 개인적인 몽환의 세계가 주를 이루지만 그 근저엔 민족의 고통과 슬픈 질곡을 견뎌 이겨내려는 삶의 희망이 엿보인다.

畵詩集▪최돈선

올림

초판 1쇄 인쇄 2016년 12월13일
초판 1쇄 발행 2016년 12월25일

지은이 / 최돈선
펴낸이 / 박성호
편　집 / 박성호
디자인 / 서윤아
펴낸곳 / 도서출판 한결
등　록 / 2006년 9월 15일 제198호
주　소 / 강원도 춘천시 석사동 310−5 삼원빌딩
전　화 / 033 · 241 · 1740
팩　스 / 033 · 241 · 1741
전자우편 / eunsongp@hanmail.net

ISBN　978−89−92044−34−9　　03810

이 책자는 　강원도 　한국문화예술위원회 　강원문화재단
보조금을 지원받아 제작하였습니다.